Paris
1887

Friedrich von Schiller

Le neveu pris pour l'oncle

LE NEVEU PRIS POUR L'ONCLE

COMÉDIE

PAR SCHILLER

TRADUCTION FRANÇAISE

Par M. Anthime LEROUX.

PARIS

IMPRIMERIE ET LIBRAIRIE CLASSIQUES

MAISON JULES DELALAIN ET FILS

DELALAIN FRÈRES, Successeurs

56, RUE DES ÉCOLES.

LE NEVEU PRIS POUR L'ONCLE

TRADUCTION FRANÇAISE.

TRADUCTIONS FRANÇAISES

DE TEXTES ALLEMANDS OU ANGLAIS.

CORRESPONDANCE CHOISIE DE GŒTHE ET DE SCHILLER, traduction française par *M. J. Gérard*, recteur de l'académie de Grenoble; 1 vol. in-12, *br.* 3 f.

GUILLAUME TELL, par *Schiller*, traduction française par *M. Haeber*; in-18, *br.* 1 f. 25 c.

HERMANN ET DOROTHÉE, par *Gœthe*, traduction française par *Bitaubé*; in-18, *br.* 80 c.

LAOCOON, par *Lessing*, traduction française par *M. Hallberg*; 1 vol. in-18, *br.* 1 f. 75 c.

MICHAËL KOHLHAAS, par *de Kleist*, traduction française sans le texte, par *MM. J. Beffeyte*, professeur de langue allemande, et *Peyrègne*, licencié ès lettres; in-18, » f.

ESSAI SUR LA CRITIQUE, par *Pope*, traduction française par *M. Marion* : nouvelle édition; in-18, *br.* 60 c.

MACBETH, par *Shakspeare*, traduction française de *Letourneur*; nouvelle édition revue, in-18, *br.* 80 c.

PARADIS PERDU (LE), par *Milton*, livres I et II, traduction française de Chateaubriand, sans le texte; in-18, *br.* 60 c.

LE NEVEU PRIS POUR L'ONCLE

COMÉDIE

PAR SCHILLER

TRADUCTION FRANÇAISE

Par M. Anthime LEROUX.

PARIS
IMPRIMERIE ET LIBRAIRIE CLASSIQUES
MAISON JULES DELALAIN ET FILS
DELALAIN FRÈRES, Successeurs
56, RUE DES ÉCOLES.

LE NEVEU PRIS POUR L'ONCLE

COMÉDIE EN TROIS ACTES.

PERSONNAGES.

M. le lieutenant-colonel DE DORSIGNY.
Mme DE DORSIGNY.
SOPHIE, leur fille.
FRANÇOIS DE DORSIGNY, leur neveu.
Mme DE MIRVILLE, leur nièce.
LORMEUIL, fiancé de Sophie.
VALCOUR, ami du jeune Dorsigny.
CHAMPAGNE, domestique du jeune Dorsigny.
Un notaire.
Deux sergents.
Un postillon.
JASMIN, domestique de la maison.
Trois laquais.

La scène se passe dans un salon avec une porte au fond qui conduit à un jardin. Des deux côtés sont des portes donnant accès à des cabinets.

ACTE PREMIER.

SCÈNE I.

Valcour, Dorsigny, Champagne.

(Valcour entre vivement, et, après avoir regardé de tous côtés pour voir s'il y avait quelqu'un, il s'approche de l'un des flambeaux qui brûlent sur le bureau, et lit un billet.)

Valcour. — « Monsieur de Valcour est prié de se rendre ce soir à six heures au pavillon de Monsieur de Dorsigny. Il peut entrer par la petite porte qui est ouverte toute la journée. »... Pas de signature! Hem! hem! drôle d'aventure... Mais silence! Qui sont ces deux visages qui entrent par là même où je suis entré?

(François de Dorsigny et Champagne entrent enveloppés dans leurs manteaux.)

Dorsigny (donnant son manteau à Champagne). — Ah! bonsoir, cher Valcour.

Valcour. — Quoi? C'est toi, Dorsigny? Comment viens-tu ici? Pourquoi ce singulier déguisement? cette perruque et cet uniforme qui n'est pas celui de ton régiment?

Dorsigny. — C'est pour ma sûreté. Je me suis battu en duel avec mon lieutenant-colonel. Il est blessé très grièvement; et je viens me cacher à Paris. Mais, comme on m'eût trop facilement reconnu avec mon uniforme, j'ai pris par précaution celui de mon oncle. Nous avons à peu près le même âge, comme tu le sais; nous avons même tournure, même taille et même visage: c'est à s'y méprendre; et, de plus, nous portons le même nom. La seule différence est que mon oncle porte perruque, et moi mes propres cheveux. Mais, maintenant que j'ai coiffé sa perruque et endossé l'uniforme de son régiment, je m'étonne moi-même de la grande ressemblance que j'ai avec lui. J'arrive à l'instant même, et je me réjouis de te trouver si exact au rendez-vous.

Valcour. — Au rendez-vous? Comment? T'on a-t-on parlé aussi?

Dorsigny. — Le billet est de moi.

Valcour. — C'est un beau quiproquo, vraiment! Mais quelle idée t'a prise de ne pas signer tes

1.

lettres? Les gens de ma condition peuvent se faire sur un tel billet des idées d'un tout autre ordre. Mais, puisque c'est ainsi, c'est bien! Entre nous, on ne s'en formalise pas, Dorsigny. Ainsi donc, je suis ton très dévoué serviteur.

Dorsigny. — Attends donc! Pourquoi pars-tu ainsi? Je tenais beaucoup à te parler avant de me laisser voir de personne. J'ai besoin de ton aide. Concertons-nous ensemble.

Valcour. — Bien, tu peux compter sur moi; mais maintenant, laisse-moi, j'ai des affaires pressantes...

Dorsigny. — Ah! A présent, lorsque tu dois me rendre un service? Pour une aventure, tu aurais bien le temps.

Valcour. — Non pas, mon cher Dorsigny. Il faut que je parte; on m'attend.

Dorsigny. — Où?

Valcour. — A l'Hombre.

Dorsigny. — La grande affaire!

Valcour. — Plaisanterie à part! J'ai là-bas l'occasion de voir la sœur de ton lieutenant-colonel... Elle me porte intérêt. Je lui parlerai pour toi.

Dorsigny. — Eh bien! soit! Mais fais-moi le plaisir d'avertir, en passant, ma sœur, madame de Mirville, qu'on l'attend ici dans le pavillon... Mais ne me nomme pas, entends-tu?

Valcour. — Sois sans crainte! Je n'en ai pas le temps; je le lui ferai dire, et je ne la verrai même pas. Au reste, je me propose de profiter d'une autre occasion pour faire avec elle plus ample connaissance. J'estime trop le frère pour ne pas aimer la sœur.

(Il sort.)

Scène II.

Dorsigny, Champagne.

Dorsigny. — Par bonheur, son concours ne m'est pas absolument nécessaire. Je suis ici moins pour me cacher (car peut-être personne n'a l'idée de me poursuivre) que pour revoir ma chère cousine Sophie.

Champagne. — Que vous êtes un homme heureux, Monsieur! Vous allez revoir votre bien-aimée, et moi... (*il soupire*) ma femme! Quand retournera-t-on en Alsace? Nous vivions comme les anges quand une cinquantaine de lieues nous séparaient.

Dorsigny. — Silence! voici ma sœur qui vient!

(Mme de Mirville entre.)

Mme de Mirville. — Ah! c'est vous? Soyez le bienvenu de tout cœur.

Dorsigny. — Eh bien! voilà une cordiale réception!

Mme de Mirville. — C'est très beau de nous surprendre ainsi! Vous écrivez que vous entreprenez un long voyage, que vous ne serez pas de retour avant un mois au plus tôt, et quatre jours après vous êtes ici!

Dorsigny. — J'ai écrit? moi? Et à qui?

Mme de Mirville. — A ma tante! (*Elle voit Champagne qui retire son manteau.*) Mais où est donc M. de Lormeuil?

Dorsigny. — Quel est ce monsieur de Lormeuil?

Mme de Mirville. — Votre gendre futur.

Dorsigny. — Dis-moi, pour qui me prends-tu?

Mme de Mirville. — Mais..., pour mon oncle!

Dorsigny. — Est-ce possible? Ma sœur ne me reconnaît pas?

Mme de Mirville. — Votre sœur?... Vous, mon frère?

Dorsigny. — Oui, ton frère.

Mme de Mirville. — Cela ne peut pas être. Ce n'est pas possible. Mon frère est à son régiment à Strasbourg, mon frère porte ses propres cheveux, et ce n'est pas là l'uniforme de son régiment, et, quelque grande que soit la ressemblance...

Dorsigny. — Une affaire d'honneur, mais qui n'est pas de grande importance, m'a forcé de quitter ma garnison en toute hâte; et, pour ne pas être reconnu, j'ai revêtu cet uniforme et cette perruque.

Mme de Mirville. — Est-ce possible? Ah laisse-moi te presser contre mon cœur, mon frère chéri. Oui, maintenant, je commence à te reconnaître! Mais la ressemblance est si surprenante...

Dorsigny. — Mon oncle est donc absent?

Mme de Mirville. — Oui, à cause du mariage.

Dorsigny. — Du mariage? Quel mariage?

Mme de Mirville. — Le mariage de Sophie, ma cousine.

Dorsigny. — Qu'entends-je? Sophie va se marier?

Mme de Mirville. — Bien sûr! Tu ne le savais donc pas?

Dorsigny. — Mon Dieu! non!

Champagne (s'approchant). — Nous n'en savions pas un mot.

Mme de Mirville. — Monsieur de Lormeuil, un vieux camarade d'armes de ton oncle, habitant Toulon, a demandé la main de Sophie pour son fils. Celui-ci est un jeune homme très aimable, dit-on; nous ne l'avons pas encore vu. Ton oncle le prendra à Toulon, puis ils veulent faire ensemble un long voyage pour recueillir je ne sais quel héritage. Ils pensent être de retour dans un mois, et, si tu es encore là, tu danseras à la noce.

Dorsigny. — Ah chère sœur! mon bon Champagne! Conseillez-moi, aidez-moi! Si vous ne me venez en aide, c'en est fait de moi, je suis perdu!

Mme de Mirville. — Qu'as-tu donc, mon frère, qu'as-tu?

Champagne. — Mon maître aime sa cousine.

Mme de Mirville. — Ah, est-ce cela?

Dorsigny. — Il faut empêcher à tout prix que ce malheureux mariage se fasse.

Mme de Mirville. — Il sera difficile de l'empêcher. Les deux pères sont d'accord, la parole est donnée, le contrat est dressé, et on n'attend plus que le fiancé pour le signer et terminer l'affaire.

Champagne. — Patience! Écoutez.... (*Il se place entre eux deux.*) J'ai à vous proposer une idée sublime!

Dorsigny. — Parle!

Champagne. — Vous avez déjà commencé à jouer le personnage de votre oncle. Gardez-le, continuez ce rôle.

Mme de Mirville. — Un beau moyen, pour épouser la nièce!

Champagne. — Attendez donc; laissez-moi expliquer mon plan. Ainsi, vous jouez le rôle de l'oncle. Vous êtes le maître ici, dans cette maison, et votre premier soin sera de casser ce mariage. Vous n'avez pas ramené le jeune Lormeuil, parce que..., parce qu'il est mort... Là-dessus, Mme de Dorsigny reçoit une lettre de vous, son neveu, dans laquelle vous demandez votre cousine en mariage. C'est mon affaire! Je suis le courrier qui apporte la lettre de Strasbourg. Madame de Dorsigny aime son neveu; elle accepte la proposition le mieux du monde. Elle vous la communique, comme à son époux, et vous l'acceptez bien naturellement aussi. Puis vous prétextez un voyage pressé, et vous donnez à la tante tout pouvoir pour terminer l'affaire. Vous partez, et le lendemain vous revenez avec vos cheveux et dans l'uniforme de votre régiment, botté comme si vous arriviez directement de votre garnison. Le mariage se fait; l'oncle arrive ensuite avec son gendre, qui, heureusement, trouve la place prise et n'aura rien de mieux à faire que de repartir et d'aller chercher une femme à Toulon ou dans les Indes.

Dorsigny. — Crois-tu que mon oncle prendra cela si patiemment?

Champagne. — Oh! il s'emportera, cela se comprend. Cela chauffera au commencement... Mais il vous aime! Il aime sa fille! Vous lui direz de bonnes paroles, vous lui promettrez une maisonnée de petits-enfants qui lui ressembleront en tout comme vous-même. Il s'apaise, sourit, et tout est pardonné.

Mme de Mirville. — Je ne sais si c'est la folie de l'aventure, mais elle commence à me tenter.

Champagne. — Oh! elle est divine, mon idée!

Dorsigny. — Elle est assez amusante, mais guère praticable. Ma tante me prendra-t-elle pour mon oncle ?

Mme de Mirville. — Je l'ai bien fait, moi !

Dorsigny. — Oui, au premier moment.

Mme de Mirville. — Il ne faut pas que nous lui laissions le temps de sortir de son erreur. Si nous mettons le temps à profit, il ne nous faudra qu'un moment. Il est soir maintenant, l'obscurité arrive à point ; ces flambeaux ne nous éclairent point assez pour que l'on puisse remarquer la différence. Il ne faut pas que tu attendes le jour. Explique-lui qu'il faut que tu partes cette nuit même, et demain matin tu paraîtras dans ton vrai personnage. Vite, à l'œuvre ! nous n'avons pas de temps à perdre. Écris pour notre tante la lettre dans laquelle tu demandes Sophie en mariage, et qu'apportera ton courrier Champagne.

Dorsigny (allant au bureau). — Oh ! ma sœur ! ma sœur ! Tu fais de moi tout ce que tu veux.

Champagne (se frottant les mains). — Comme je me réjouis de la bonne idée qui m'est venue. Il est malheureux que j'aie déjà une femme. J'aurais pu jouer là un des premiers rôles, au lieu de m'en tenir à celui de confident.

Mme de Mirville. — Comment cela, Champagne ?

Champagne. — Eh ! mais, c'est tout naturel. Mon maître prend le rôle d'oncle, j'aurais remplacé monsieur de Lormeuil, et qui sait si, à la fin, il ne me fût pas arrivé quelque chose de prospère ; mais mon maudit mariage...

Mme de Mirville. — Vraiment, ma cousine aura raison de s'en affliger !

Dorsigny (cachette la lettre et la donne à Champagne). — Voici la lettre. Fais comme tu voudras, je m'en rapporte à toi.

Champagne. — Vous serez content de moi. Dans quelques instants, j'arriverai comme courrier de Strasbourg, botté, éperonné, couvert de sueur. Vous, monsieur, soyez vaillant. Du courage, de l'audace, de l'effronterie s'il le faut. L'oncle sera joué, la tante attrapée, la nièce mariée, et quand tout sera fini, on tirera la bourse pour récompenser le bon serviteur qui aura aidé à vous procurer toutes ces merveilles.

(Il sort.)

Mme de Mirville. — Voici ma tante qui vient. Elle va te prendre pour mon oncle. Fais comme si tu avais à lui parler en secret et renvoie-moi.

Dorsigny. — Mais que lui dirai-je?

Mme de Mirville. — Tout ce qu'un galant homme peut dire de plus aimable à sa femme.

Scène III.

Mme de Mirville, Mme de Dorsigny, François de Dorsigny.

Mme de Mirville. — Venez-donc, chère tante, vite, mon oncle est arrivé.

Mme de Dorsigny. — Comment? Quoi? Mon mari? Oui vraiment! C'est lui. Soyez le bienvenu, mon cher Dorsigny. Je ne vous attendais pas de si tôt. Eh bien! avez-vous fait un bon voyage? Mais comment, vous êtes seul? Où sont vos gens? Je n'ai pas entendu votre voiture. Eh! vraiment, je me sens à peine, je frémis de surprise et de joie.

Mme de Mirville (bas à son frère). — Eh bien, réponds-lui donc, réponds vite!

Dorsigny. — Je ne fais ici qu'un très court séjour, c'est pourquoi je viens seul et dans une voiture de louage. Quant à notre voyage, ma chère femme, ah! ce voyage! il n'a pas été des plus heureux.

Mme de Dorsigny. — Vous m'effrayez! Il ne vous est cependant pas arrivé malheur?

Dorsigny. — À moi? non, oh! non; mais ce mariage! (*à Mme de Mirville*) Chère nièce, je désirerais parler à ta tante.

Mme de Mirville. — Je ne veux pas vous déranger, mon oncle.

(Elle sort.)

Mme de Dorsigny. — Eh bien, mon cher, ce mariage!

Dorsigny. — Ce mariage ne se fera pas.

Mme de Dorsigny. — Comment? N'avons-nous pas la parole du père?

Dorsigny. — Oui, assurément; mais le fils ne peut pas épouser notre fille,

Mme de Dorsigny. — Ah! Et pourquoi pas?

Dorsigny (fortement). — Parce que..., parce que... il est mort.

Mme de Dorsigny. — Mon Dieu! quel malheur!

Dorsigny. — C'est un véritable malheur. Ce jeune Lormeuil était, comme sont tous les jeunes gens, un petit libertin. Un soir, dans un bal, il voulut faire la cour à une jolie demoiselle. Un rival s'en mêla et se permit quelques railleries blessantes. Le jeune

Lormeuil, bouillant, emporté, comme on est à vingt ans, le prit mal. Par malheur, il avait affaire à un bretteur de profession qui ne tire jamais l'épée sans tuer son homme, Cette malheureuse habitude lui donna encore ici l'avantage, malgré l'habileté de son adversaire, et le fils de mon pauvre ami tomba mortellement atteint, le corps percé de trois coups d'épée.

Mme de Dorsigny. — Miséricorde du Ciel! Combien a dû souffrir le père!

Dorsigny. — Vous pouvez le penser! Et la mère!

Mme de Dorsigny. — Comment? La mère? Elle est morte, à ce que j'ai appris, l'hiver dernier.

Dorsigny. — Justement, cet hiver. Mon pauvre ami Lormeuil! Cet hiver perdre sa femme, et en été son fils dans un duel. J'ai été très peiné d'être obligé de le laisser seul avec sa douleur. Mais le service est si dur maintenant. Le 20, tous les officiers doivent se trouver au régiment; et nous sommes aujourd'hui le 19. Je n'ai fait qu'un saut jusqu'à Paris, et ce soir même il faut que je parte pour ma garnison.

Mme de Dorsigny. — Comment? si tôt?

Dorsigny. — C'est le service qui m'appelle; qu'y faire? Mais maintenant pour parler de notre fille...

Mme de Dorsigny. — La chère enfant est très abattue et soucieuse depuis votre départ.

Dorsigny. — Savez-vous ce que je pense? Ce parti que nous avions arrangé n'était pas de son goût.

Mme de Dorsigny. — Ah! Le savez-vous?

Dorsigny. — Je ne sais rien ; mais elle a quinze

ans. N'a-t-elle pu choisir elle-même avant que nous l'eussions fait?

Mme de Dorsigny. — Mon Dieu, oui! cela arrive tous les jours.

Dorsigny. — Je ne voudrais pas forcer ses inclinations.

Mme de Dorsigny. — Que le Ciel nous en garde!

SCÈNE IV.

Les précédents, Sophie.

Sophie (en regardant Dorsigny avec surprise). — Ah! mon père!

Mme de Dorsigny. — Eh bien! Qu'as-tu? Crains-tu d'embrasser ton père?

Dorsigny (à part, après l'avoir embrassée). — Ils ont cela de bon, les pères, tout le monde les embrasse.

Mme de Dorsigny. — Tu ne sais pas encore, Sophie, qu'un malheureux accident a brisé ton mariage?

Sophie. — Quel accident?

Mme de Dorsigny. — Monsieur de Lormeuil est mort.

Sophie. — Mon Dieu!

Dorsigny (la fixant). — Eh bien! qu'en dis-tu, ma Sophie?

Sophie. — Moi, mon père? Je plains ce malheureux homme de tout mon cœur; mais je ne puis regarder que comme un bonheur... que le jour s'éloigne qui me séparera de vous.

Dorsigny. — Mais, chère enfant, si tu éprouvais quelque répugnance à ce mariage, pourquoi ne nous le disais-tu pas? Nous n'avons jamais eu l'idée de forcer tes inclinations.

Sophie. — Je le sais, cher père, mais la timidité!

Dorsigny. — Au diable la timidité! parle-nous ouvertement! Découvre-nous ton cœur.

Mme de Dorsigny. — Oui, mon enfant. Écoute ton père. Il a de bonnes intentions; et il te donnera certainement le meilleur conseil.

Dorsigny. — Tu détestais donc très cordialement ce monsieur de Lormeuil?

Sophie. — Non pas, mais je ne l'aimais point.

Dorsigny. — Et tu ne voudrais épouser que celui que tu aimes véritablement?

Sophie. — C'est tout naturel.

Dorsigny. — Tu en aimes donc un autre?

Sophie. — Je n'ai pas dit cela.

Dorsigny. — Bon! Bon! presque, cependant. Eh bien, parle ouvertement, fais moi tout savoir.

Mme de Dorsigny. — Courage, mon enfant. Oublie que c'est à ton père que tu parles.

Dorsigny. — Imagine-toi que tu parles avec ton meilleur, ton plus fidèle ami... Et celui que tu aimes, sait-il qu'il est aimé?

Sophie. — Dieu du Ciel! non.

Dorsigny. — Est-ce un jeune homme?

Sophie. — Un très aimable jeune homme, et qui m'est doublement cher, parce que chacun trouve qu'il vous ressemble; c'est un de nos parents. Il porte votre nom. Ah! vous devez deviner.

Dorsigny. — Pas encore tout à fait, chère enfant.

Mme de Dorsigny. — J'ai trouvé, moi. C'est, je pense, son cousin, François de Dorsigny.

Dorsigny. — Eh bien! Sophie, tu ne réponds rien?

Sophie. — Vous approuvez mon choix?

Dorsigny (réprimant sa joie, à part). — Il faut jouer le père. (*Haut.*) Mais, mon enfant, il faut que nous y réfléchissions.

Sophie. — Pourquoi réfléchir? Mon cousin est le meilleur, le plus raisonnable...

Dorsigny. — Lui? Un étourdi, un écervelé, qui, depuis deux ans qu'il est parti, n'a pas écrit deux fois à son oncle.

Sophie. — Mais à moi il a écrit, avec d'autant plus d'empressement, mon père!

Dorsigny. — Vraiment! Il l'a fait? Et tu lui as répondu aussitôt? Dis? Non?

Sophie. — Non, quoique cela m'eût fait grand plaisir. Mais vous me disiez, il n'y a qu'un instant, que vous ne vouliez pas aller contre ma volonté. Chère mère, parlez donc pour moi.

Mme de Dorsigny.—Eh bien! consentez, cher Dorsigny. Il n'y a plus de remède; et, avouez-le, elle n'aurait pas pu mieux choisir.

Dorsigny.— C'est vrai, il y a beaucoup à dire en sa faveur; la fortune est égale des deux côtés; et si le cousin a vécu un peu en étourdi, on sait qu'en se mariant, un jeune homme devient rangé, et si par-dessus tout elle l'aime...

Sophie.— Oh beaucoup, cher père. Dès le moment où l'on s'est proposé de me faire épouser Monsieur de Lormeuil, j'ai remarqué que j'aimais mon cousin, ce qu'on appelle aimer. Et, si mon cousin était à son tour aussi bon pour moi...

Dorsigny (avec feu). — Et pourquoi ne le serait-il pas? ma chérie (*se reprenant*), ma chère fille! Eh bien! je suis bon père, je me rends.

Sophie. — Ainsi, je puis écrire à mon cousin?

Dorsigny. — Ce que tu voudras! (*à part*) Comme c'est joli de jouer au papa, quand on apprend ainsi de si charmants secrets.

Scène V.

Les précédents, Mme de Mirville, Champagne, en courrier, faisant claquer son fouet.

Champagne. — Hé! Holà!

Mme de Mirville. — Place, voici un courrier qui vient.

Mme de Dorsigny. — C'est Champagne.

Sophie. — C'est le serviteur de mon cousin.

Champagne. — Monsieur, Madame, tirez-moi de mon inquiétude! Mademoiselle est-elle déjà Madame de Lormeuil?

Mme de Dorsigny. — Non, mon ami, pas encore.

Champagne. — Pas encore? Le Ciel soit béni! J'arrive encore assez à temps pour sauver la vie à mon pauvre maître.

Sophie. — Comment? Est-il arrivé quelque malheur à mon cousin?

Mme de Dorsigny. — Mon neveu n'est pas malade?

Mme de Mirville. — Tu me jettes dans l'anxiété! Qu'est-il arrivé à mon frère?

Champagne. — Tranquillisez-vous, Madame! Mon maître se porte bien; mais nous sommes dans une situation bien difficile. Si vous saviez... mais vous saurez tout. Mon maître a rassemblé son courage pour découvrir son cœur à Madame, qu'il appelle sa bonne tante. Il vous doit tout ce qu'il est, et il a en vous la plus grande confiance. Voici ce qu'il vous écrit : lisez et plaignez-le!

Dorsigny. — Mon Dieu! Qu'est-ce?

Mme de Dorsigny (lisant). — « Ma bonne tante,
« j'apprends à l'instant que vous avez l'intention de
« marier ma cousine. Il n'est plus temps de me re-
« tenir plus longtemps : j'aime Sophie. Je vous en
« prie, bonne tante, si elle n'a pas une vive passion
« pour le fiancé qui lui est destiné, donnez-la-moi!
« Je l'aime si fortement, que je suis sûr d'obtenir
« son amour. Je suis Champagne de près. Il vous
« remettra cette lettre et vous racontera mes peines
« depuis que j'ai appris cette terrible nouvelle. »

Sophie. — Ce bon cousin!

Mme de Mirville. — Pauvre Dorsigny!

Champagne. — Non, on ne pourrait décrire ce que mon pauvre maître a souffert! Mais, cher Monsieur, lui disais-je, tout n'est peut-être pas encore perdu. « Va-t'en, fripon, me répondait-il, je te casse la tête si tu arrives trop tard. » Il est parfois dur, votre cher neveu.

Dorsigny. — Insolent!

Champagne. — Bien! Bien! Vous vous fâchez comme si je parlais de vous. Ce que j'en dis part d'une bonne amitié pour lui, afin que vous le rendiez meilleur, puisque vous êtes son oncle.

Mme de Mirville. — Le brave serviteur ! Il ne veut que le bien de son maître !

Mme de Dorsigny. — Va, mon ami, repose-toi ; tu dois en avoir besoin.

Champagne. — Oui, madame, je vais me reposer à la cuisine.

(Il sort.)

Dorsigny. — Eh bien, Sophie, qu'en dis-tu ?

Sophie. — J'attends vos ordres, mon père !

Dorsigny. — Oui, qu'y a-t-il à faire ?

Mme de Dorsigny. — Il n'y a rien à faire que de la lui donner pour femme sans perdre de temps.

Mme de Mirville. — Mais le cousin n'est pas encore ici.

Mme de Dorsigny. — D'après sa lettre, il ne saurait tarder.

Dorsigny. — Eh bien, puisqu'il en est ainsi, puisque c'est votre idée, ma chère, soit ! Je m'en déclare satisfait, et je vais m'arranger pour que le tapage de la noce soit passé quand je reviendrai. Hé ! Hôlà ! serviteurs !

Scène VI.

Deux serviteurs entrent et attendent dans le fond.

Les précédents.

Mme de Dorsigny. — Encore un mot ! Votre fermier, pendant votre absence, m'a payé 750 pistoles en billets ; je lui en ai donné quittance. Ai-je bien fait ?

Dorsigny. — Tout ce que vous faites est bien fait, ma chère. (*Pendant qu'elle retire ces billets d'un bureau, tout bas à Madame de Mirville.*) Faut-il prendre cet argent?

Mme de Mirville.— Prends toujours, sans cela tu te rendrais suspect.

Dorsigny (bas à Mme de Mirville). — Bonté du Ciel! je veux payer mes dettes avec cet argent! (*Haut, en recevant les billets de Mme de Dorsigny.*) Cet argent me rappelle qu'un coquin d'usurier me réclame depuis longtemps cent pistoles qu'il a prêtées à mon neveu. Que faire? Faut-il régler cette affaire?

Mme de Mirville. — Eh! cela se comprend! Vous ne voudrez pas marier ma cousine à un bambocheur qui est endetté jusqu'aux oreilles?

Mme de Dorsigny. — Ma nièce a raison, et ce qui restera sera employé en cadeaux de noce.

Mme de Mirville. — Oui, oui, en cadeaux de noce.

Troisième serviteur (entrant). — La modiste de Madame de Mirville.

Mme de Mirville. — Elle vient à point. Je veux lui commander la toilette de mariée.

(Elle sort.)

Dorsigny (aux serviteurs).—Venez ici! (*A Mme de Dorsigny.*) Il faut envoyer chez maître Gaspard, notre notaire.

Mme de Dorsigny. — Invitez-le plutôt à dîner, et nous arrangerons tout à notre aise.

Dorsigny. — C'est vrai! (*A l'un des serviteurs.*) Toi, va chez le joaillier, et qu'il apporte ce qu'il y a de plus nouveau. (*A un autre.*) Toi, va chez maître Gaspard, notre notaire. Dis-lui que je le prie de venir dîner ce soir avec nous. Puis, tu feras préparer quatre chevaux de poste; qu'ils soient devant la porte à 11 heures précises : car il faut que je parte cette nuit. (*A un troisième.*) Pour toi, Jasmin, je t'ai gardé une commission délicate; tu as de la tête, on peut avoir confiance en toi.

Jasmin. — Monsieur, vous me faites honneur.

Dorsigny.— Tu sais où demeure Monsieur Simon, le courtier, qui faisait mes affaires autrefois et prêtait mon argent à mon neveu.

Jasmin. — Oui, monsieur! Comment ne le connaîtrais-je pas? J'ai toujours été le messager de Monsieur votre neveu.

Dorsigny.— Va le trouver, porte-lui ces cent pistoles, que lui doit mon neveu, et que je lui rembourse. Mais n'oublie pas de te faire délivrer une quittance.

Jasmin. — Comment donc? Je ne suis pas un tel âne!

(Les serviteurs sortent.)

Mme de Dorsigny. — Comme il sera surpris, demain à son arrivée, ce bon garçon de trouver les cadeaux de noce achetés, les dettes payées!

Dorsigny.— Je le crois bien! Je n'ai qu'un regret, c'est de ne pouvoir en être témoin.

Scène VII.

Les précédents, Mme de Mirville.

Mme de Mirville (entre et bas à son frère). — Tâche de partir, mon frère! Voici mon oncle qui arrive avec un monsieur que je crois être Monsieur de Lormeuil.

Dorsigny (se sauvant dans un cabinet). — Ce serait le diable!

Mme de Dorsigny. — Eh bien, pourquoi partez-vous si vite, Dorsigny?

Dorsigny. — Il le faut... J'ai... Je serai de retour à l'instant...

Mme de Mirville (vivement). — Venez, ma tante, venez voir les jolis bonnets que l'on m'a apportés.

Mme de Dorsigny. — Tu fais bien de me demander conseil. Je m'y connais; je t'aiderai à choisir.

(Entrent le Colonel et de Lormeuil.)

Le Colonel. — Je reviens plus tôt que je n'avais pensé, Madame, mais tant mieux! Permettez que je vous présente ce Monsieur...

Mme de Dorsigny. — Je vous demande mille fois pardon, Messieurs, mais la modiste nous attend, nous reviendrons de suite; viens, ma fille!

(Elle sort.)

Le Colonel. — Eh bien! Eh bien! Cette modiste aurait bien pu attendre un moment, je pense.

Sophie. — Précisément, elle ne peut attendre. Pardonnez, Messieurs.

(Elle sort.)

Le Colonel. — C'est possible, mais je pensais...

Mme de Mirville. — Les messieurs, nous le savons bien, ne s'occupent guère de modistes; mais pour nous ce sont des personnes très importantes.

(Elle sort après avoir fait une profonde révérence à M. de Lormeuil.)

Le Colonel. — Ah! à ce que je vois, c'est à cause d'elles que l'on nous laisse seuls ici!

Scène VIII.

Le colonel de Dorsigny, Lormeuil.

Le Colonel. — Voilà une belle réception, je dois le dire!

Lormeuil. — Est-ce la coutume des dames de Paris de courir après leur modiste quand leurs maris arrivent?

Le Colonel. — Je ne sais ce que je dois en penser. J'écrivais que je ne reviendrais que dans six semaines; j'arrive à l'improviste, et l'on ne paraît pas plus étonné que si je n'avais jamais quitté la ville.

Lormeuil. — Qui sont ces deux jeunes dames qui m'ont salué si poliment?

Le Colonel. — L'une est ma nièce, et l'autre ma fille, votre fiancée.

Lormeuil. — Elles sont toutes deux très jolies.

Le Colonel. — Au diable! les femmes sont toutes jolies dans ma famille. Mais ce n'est pas assez d'être jolie, il faut aussi être polie.

(Les trois serviteurs entrent l'un après l'autre.)

Deuxième serviteur (à gauche du colonel). — Le notaire vous prie de l'excuser, mais il ne peut venir dîner avec vous. Il se trouvera là après le dîner.

Le Colonel. — Quel conte nous débite-t-il là ?

Deuxième serviteur. — Les chevaux de poste seront à la porte au premier coup de onze heures.

(Il sort.)

Le Colonel. — Les chevaux de poste, maintenant ? Je ne fais qu'arriver.

Premier serviteur (à la droite). — Le joaillier, Monsieur, a fait banqueroute, et, cette nuit, il s'est enfui.

(Il sort.)

Le Colonel. — Qu'est-ce que cela me fait ? Il ne me devait rien.

Jasmin (à sa gauche). — J'ai été chez monsieur Simon, comme Monsieur me l'avait commandé. Il était malade et au lit. Il vous envoie la quittance.

Le Colonel. — Quelle quittance, coquin ?

Jasmin. — Eh bien ! la quittance que vous avez à la main. Veuillez la lire.

Le Colonel (lit). — « Je, soussigné, reconnais avoir reçu du colonel de Dorsigny mille livres que j'avais prêtées à son neveu. »

Jasmin. — Vous voyez, Monsieur, la quittance est en règle.

(Il sort.)

Le Colonel. — Oh ! bien en règle ! Comprendra qui pourra ; pour moi, je ne le puis. Le plus fieffé coquin de Paris est malade et m'envoie quittance des dettes de mon neveu !

Lormeuil. — Peut-être a-t-il un remords de conscience.

Le Colonel. — Venez, venez, Lormeuil! Cherchons à comprendre ce qui nous procure cette agréable réception. Que le diable enlève tous les notaires, bijoutiers, chevaux de poste, courtiers et modistes!

(Ils sortent.)

ACTE DEUXIÈME.

SCÈNE I.

(François de Dorsigny sort d'une chambre à gauche et regarde attentivement de tous côtés.)

Mme de Mirville, François de Dorsigny.

Mme de Mirville (en face). — Imprudent! Ton oncle sera ici dans un instant.

Dorsigny. — Dis-moi, que vais-je devenir? Est-ce que tout est découvert, et ma tante sait-elle que celui qu'elle prenait pour son mari n'est que son neveu?

Mme de Mirville. — On ne sait rien. Rien n'est découvert. La tante est encore enfermée avec la modiste. L'oncle tempête après sa femme. Monsieur de Lormeuil est tout étourdi d'une pareille réception, et moi, je veux chercher à retarder le plus longtemps possible un dénouement qui ne saurait être éloigné, gagner du temps, disposer ton oncle en ta faveur, ou, s'il n'en peut être autrement, me faire aimer de monsieur de Lormeuil : car je le prendrai plutôt pour moi que de permettre qu'il épouse ma cousine.

(Entre Valcour.)

Valcour (vivement). — Ah bon! bon! Je te trouve enfin, Dorsigny. J'ai mille choses à te dire, et je suis très pressé.

Dorsigny. — Le diable l'enlève! Il arrive juste à point pour me gêner.

Valcour. — Si Madame voulait permettre...

Dorsigny. — Pour ma sœur, je n'ai rien de caché.

Valcour (s'adressant à Mme de Mirville). — Que je me réjouis, Madame, de faire votre connaissance juste au moment où j'ai le bonheur de rendre un service à votre frère!

Dorsigny. — Qu'entends-je? Sa voix!

(Il rentre précipitamment dans le cabinet d'où il était sorti.)

Valcour (sans remarquer le départ de Dorsigny continue). — S'il m'arrivait jamais, Madame, de pouvoir vous être utile, je vous prie de me considérer comme le plus zélé de vos serviteurs.

(Il ne remarque pas que le colonel de Dorsigny est entré et qu'il a pris la place qu'occupait son neveu.)

Scène II.

Les précédents, le colonel de Dorsigny, Lormeuil.

Le Colonel. — Oui, ces femmes exercent vraiment la patience de leurs maris.

Valcour (se retourne et croit parler au jeune Dorsigny). — Je voulais donc te dire, mon cher Dorsigny, que ton lieutenant-colonel n'est pas mort.

Le Colonel. — Mon lieutenant-colonel?

Valcour. — Celui avec qui tu as eu un duel. Il a fait écrire à mon ami Liancour; il te rend pleine justice et reconnaît qu'il a été l'agresseur. La famille, il est vrai, a déja commencé à te faire poursuivre; mais nous allons faire tous nos efforts pour étouffer cette affaire à temps. Je me suis hâté de venir t'apprendre cette bonne nouvelle, et je rejoins ma compagnie.

Le Colonel. — Très obligé,... mais...

Valcour. — Tu peux donc dormir tranquille, je veille pour toi.

(Il sort.)

SCÈNE III.

Mme de Mirville, le colonel de Dorsigny, Lormeuil.

Le Colonel. — Dis-moi donc ce que veut cet homme?

Mme de Mirville. — Cet homme est fou, vous le voyez bien.

Le Colonel. — Cela me paraît être une épidémie qui a atteint tout le monde depuis que je suis parti : car ce n'est pas le premier fou que je rencontre depuis une demi-heure.

Mme de Mirville. — Il ne faut pas vous fâcher ainsi de la réception un peu sèche de ma tante. Quand il est question de modes, il ne faut plus parler d'autre chose.

2

Le Colonel. — Ah! Dieu soit loué! voici la première fois que j'entends une parole sensée. Que tu sois aussi la première qui fasse connaissance avec Monsieur de Lormeuil.

Lormeuil. — Je suis très heureux, Mademoiselle, et je me réjouis d'avoir obtenu le consentement de Monsieur votre père; mais ce consentement ne peut me servir à rien, si le votre...

Le Colonel. — Bien, le voilà qui commence aussi. La folie générale t'a donc atteint aussi, mon pauvre ami? Ton compliment est très bien tourné, mais c'est à ma fille, et non à ma nièce, qu'il faut l'adresser.

Lormeuil. — Pardonnez-moi, Madame, vous ressemblez tellement au portrait que Monsieur de Dorsigny m'a fait de ma fiancée, que mon erreur est pardonnable.

Mme de Mirville. — Voici ma cousine qui vient, Monsieur de Lormeuil. Persuadez-vous, de vos propres yeux, qu'elle mérite bien toutes les belles choses que vous aviez l'intention de me dire.

(Sophie entre.)

Sophie. — Je vous demande mille fois pardon, cher père, de vous avoir laissé tout à l'heure; maman m'avait appelée, et je devais obéir.

Le Colonel. — Bien! quand on reconnaît sa faute et qu'on s'excuse...

Sophie. — Ah! mon père, où trouverai-je des paroles pour vous exprimer ma joie et ma reconnaissance d'avoir consenti à ce mariage!

Le Colonel. — Ah! ah! il te plaît, ce mariage?

2.

Sophie. — Oh! beaucoup!

Le Colonel (bas à Lormeuil). — Tu vois comme elle t'aime déjà, sans te connaître; cela vient du beau portrait que je lui ai fait de toi avant mon départ.

Lormeuil. — Je vous suis très reconnaissant.

Le Colonel. — Oui! mais maintenant, mon enfant, il serait temps que je voie un peu ta mère. Car les modistes vont nous céder la place, enfin, j'espère. Tiens, en attendant, compagnie à Monsieur. Il est mon ami, et je me réjouirais qu'il devînt bientôt aussi le tien, tu comprends. (*A Lormeuil.*) Maintenant, courage, c'est le moment! Cherche à gagner son affection aujourd'hui même, et demain elle sera ta femme. (*A Mme de Mirville.*) Viens, ma nièce, ils peuvent arranger leurs affaires tout seuls.

(Ils sortent.)

Scène IV.

Sophie, Lormeuil.

Sophie. — Ainsi, vous serez aussi de la noce?

Lormeuil. — Oui, Mademoiselle. Il ne paraît pas vous déplaire, ce mariage?

Sophie. — Il a l'assentiment de mon père.

Lormeuil. — Oui, mais ce que décident les pères n'a pas toujours l'assentiment des filles.

Sophie. — Oh! pour ce qui est de ce mariage, il est aussi un peu mon ouvrage.

Lormeuil. — Comment cela, Mademoiselle?

Sophie. — Mon père a été assez bon de m'interroger sur mes inclinations.

Lormeuil. — Ainsi vous aimez l'homme qu'on vous destine pour époux?

Sophie. — Je ne m'en cache pas.

Lormeuil. — Comment? Vous ne le connaissez même pas.

Sophie. — J'ai été élevée avec lui.

Lormeuil. — Vous avez été élevée avec le jeune Lormeuil?

Sophie. — Avec Monsieur de Lormeuil? Non!

Lormeuil. — C'est votre fiancé, cependant.

Sophie. — C'était lui, tout d'abord.

Lormeuil. — Comment, tout d'abord?

Sophie. — Je vois que vous ne savez pas encore, Monsieur...

Lormeuil. — Je ne sais rien! Je ne sais pas le moins du monde.

Sophie. — Il est mort.

Lormeuil. — Qui est mort?

Sophie. — Le jeune monsieur de Lormeuil.

Lormeuil. — Vraiment?

Sophie. — Certainement.

Lormeuil. — Qui vous a dit qu'il fût mort?

Sophie. — C'est mon père.

Lormeuil. — Non pas, Mademoiselle. Cela ne se peut, ce n'est pas possible.

Sophie. — Avec votre permission, c'est vrai! Mon père, qui arrive de Toulon, doit le savoir mieux que vous. Ce jeune gentilhomme eut une querelle dans un bal, se battit et tomba percé de trois coups d'épée.

Lormeuil. — C'est dangereux.

Sophie. — Oui, aussi il en est mort.

Lormeuil.—Il vous plait de railler, Mademoiselle. Personne ne peut mieux que moi vous donner des nouvelles de Monsieur de Lormeuil.

Sophie. —Que vous? Ce serait plaisant.

Lormeuil. — Oui, mademoiselle, que moi! Car, pour vous le dire une bonne fois, je suis, moi, ce Lormeuil, et je ne suis pas mort, que je sache.

Sophie. — Vous êtes Monsieur de Lormeuil?

Lormeuil. — Eh bien! pour qui me preniez-vous donc?

Sophie. — Pour un des amis de mon père, qu'il avait invité à ma noce.

Lormeuil. — Ainsi le mariage aura lieu tout de même quoi que je sois mort.

Sophie. — Oui, assurément!

Lormeuil. — Et oserai-je vous demander avec qui?

Sophie. — Avec mon cousin Dorsigny.

Lormeuil. — Mais votre père a aussi un mot à dire en cette occurrence.

Sophie. — Assurément, cela se comprend. Aussi il a donné son consentement.

Lormeuil. — Quand l'a-t-il donné?

Sophie. — A l'instant, quelques moments avant votre arrivée.

Lormeuil. — Mais je suis arrivé en même temps que lui.

Sophie. — Non pas, Monsieur, mon père était ici avant vous.

Lormeuil (se prenant le front). — J'ai le vertige, tout tourne devant mes yeux. Chaque mot que vous dites me jette dans l'étonnement. Je crois en vos paroles, Mademoiselle, mais là-dessous doit se cacher un secret que je ne puis pénétrer.

Sophie. — Comment, Monsieur, vous parliez sérieusement?

Lormeuil. — Très sérieusement, Mademoiselle.

Sophie. — Vous êtes vraiment Monsieur de Lormeuil? Mon Dieu, qu'ai-je fait! Comment pourrai-je réparer mon étourderie?..

Lormeuil.—Ne vous inquiétez pas, Mademoiselle. Votre inclination pour votre cousin est une circonstance qu'on aime mieux connaître *avant* qu'*après* le mariage.

Sophie. — Mais je ne comprends pas...

Lormeuil. — Je vais chercher Monsieur de Dorsigny, peut-être m'expliquera-t-il l'énigme. Mais, quoi qu'il arrive, Mademoiselle, vous serez contente de moi, j'espère.

(Il sort.)

Sophie. — Il me paraît être un homme très aimable, et si l'on ne me force pas à l'épouser, je me réjouirai volontiers de ce qu'il ne soit pas mort.

Scène V.

Sophie, le Colonel, Mme de Dorsigny.

Mme de Dorsigny. — Laisse-nous seuls, Sophie. (*Sophie sort.*) Comment, Dorsigny, vous voulez me faire accroire que vous ne m'avez pas parlé, il n'y a qu'un instant? Mais, vraiment, quel autre que vous, que le maître de cette maison, le père de ma fille, que mon mari enfin, eût pu faire ce que vous avez fait?

Le Colonel. — Que diable ai-je donc fait?

Mme de Dorsigny. — Faut-il vous le rappeler? Comment vous ne savez plus que vous avez, il y a peu d'instants, parlé avec notre fille, que vous avez découvert son inclination pour notre neveu, et que nous sommes convenus de la lui donner pour femme aussitôt qu'il sera arrivé?

Le Colonel. — Je ne sais, Madame, si tout ceci est un rêve de votre imagination, ou si un autre a pris en effet ma place pendant mon absence. Si cela est, il était temps, grand temps que j'arrivasse. Cet individu tue mon gendre, marie ma fille, joue mon rôle auprès de ma femme, et ma femme et ma fille se laissent faire très complaisamment.

Mme de Dorsigny. — Quelle obstination! En vérité, Monsieur de Dorsigny, je ne comprends pas votre conduite.

Le Colonel.—Je ne comprends pas mieux la vôtre.

(Entre Mme de Mirville.)

Mme de Mirville. — Je pensais bien que je vous trouverais ensemble. Pourquoi tous les ménages ne ressemblent-ils pas au vôtre? Jamais de discussions, de querelles! Toujours un cœur et une âme! C'est édifiant! C'est exemplaire! Ma tante est douce comme un ange, et mon oncle patient comme Job.

Le Colonel.—Bien dit, ma nièce! Il faut, en effet, comme moi, avoir la patience de Job pour ne pas s'emporter pour un pareil bavardage.

Mme de Dorsigny. — Ma nièce a raison : il faut être bienveillante comme moi pour supporter de pareilles niaiseries.

Le Colonel.—Eh bien! Madame, ma nièce ne m'a

presque pas quitté depuis mon arrivée. Voulez-vous la prendre pour arbitre?

Mme de Dorsigny. — J'y consens, et je m'en rapporte à son jugement.

Mme de Mirville. — De quoi est-il question?

Mme de Dorsigny. — Imagine-toi que mon mari ose me soutenir en face que ce n'était pas lui que je prenais tout à l'heure pour mon mari.

Mme de Mirville. — Est-ce possible?

Le Colonel. — Imagine-toi, ma nièce, que ma femme veut me faire accroire que je lui ai parlé, ici, dans cet appartement, au moment même où j'étais encore secoué par la chaise de poste sur la route de Toulon.

Mme de Mirville. — C'est tout à fait incroyable, mon oncle. Il doit y avoir là un malentendu. Laissez-moi dire deux mots à ma tante.

Le Colonel. — Vois à lui remettre la tête en place, si c'est possible; mais ce sera très difficile.

Mme de Mirville (à voix basse à Madame de Dorsigny). — Chère tante, tout ceci n'est-il pas une plaisanterie de la part de mon oncle?

Mme de Dorsigny (sur le même ton). — Eh! vraiment, il faudrait qu'il fût fou, pour soutenir sérieusement de pareilles balivernes.

Mme de Mirville. — Savez-vous; payez-le de la même monnaie, donnez-lui en aussi! Faites-lui sentir qu'il ne doit pas se moquer de vous.

Mme de Dorsigny. — Tu as raison. Laisse-moi faire!

Le Colonel. — Est-ce que ce sera bientôt fait? C'en est assez, je pense.

Mme de Dorsigny (raillant). — Oui, c'en est assez, Monsieur, et comme c'est le devoir de la femme de ne voir que par les yeux de son mari, je veux bien reconnaître mon erreur et je veux m'imaginer tout ce que vous voudrez.

Le Colonel. — Nous n'avancerons pas beaucoup sur ce ton de raillerie.

Mme de Dorsigny. — Sans rancune, Monsieur de Dorsigny. Vous avez ri à mes dépens, je ris aux vôtres maintenant, et ainsi nous sommes quittes. J'ai maintenant quelques visites à faire. Quand je reviendrai, et si votre humeur railleuse est passée, nous pourrons causer tous deux sérieusement.

(Elle sort.)

Le Colonel (à Mme de Mirville). — Comprends-tu un mot de tout ce qu'elle dit?

Mme de Mirville. — Je n'y comprends rien, mais je vais la suivre et chercher à éclaircir l'affaire.

(Elle sort.)

Le Colonel. — Fais ce que tu voudras; je ne m'en occupe pas : je ne l'ai jamais vue en pareille folie. Le diable doit avoir pris ma forme pendant mon absence pour mettre ma maison sens dessus dessous; autrement, je n'y comprends rien.

Scène VI.

Le colonel de Dorsigny, Champagne (un peu gris).

Champagne. — Eh bien ! ce doit être vrai... On vit ici comme dans un hôtel... Mais où diable sont-ils tous?... Je ne vois plus âme qui vive depuis ma tumultueuse entrée comme courrier... Mais je vois là mon noble maître le capitaine. Je veux savoir comment vont les affaires.

(Il fait au colonel des signes d'intelligence et se met à rire complaisamment.)

Le Colonel. — Que diable! N'est-ce pas ce coquin de Champagne?... Comment celui-là est-il venu ici, et que me veut cet âne avec ses vilaines grimaces?

Champagne (comme plus haut). — Eh bien! eh bien! monsieur?

Le Colonel. — Je crois que ce coquin est ivre.

Champagne. — Eh bien! qu'en dites-vous, ai-je bien joué mon rôle?

Le Colonel (à part).—Son rôle? Je devine quelque chose. (*Haut.*) Oui, mon ami Champagne, pas mal.

Champagne. — Comment, pas mal? Je l'ai joué à ravir. Avec mon fouet et mes bottes de postillon n'avais-je pas l'air d'un vrai postillon? Comment?

Le Colonel. — Oui, oui! (*A part.*) Le diable sait ce que je dois lui répondre.

Champagne. — Eh bien, comment vont les affaires? Où en êtes-vous maintenant?

Le Colonel. — Où j'en suis..., comment cela va..., eh bien! tu peux bien te le figurer comment cela va.

Champagne. — Le mariage est réglé, pas vrai?... Vous avez comme père donné votre consentement?

Le Colonel. — Oui.

Champagne. — Et demain vous reviendrez dans votre vrai personnage, comme amoureux.

Le Colonel (à part). — C'est un tour de mon neveu.

Champagne. — Et vous épouserez la veuve de Monsieur de Lormeuil... Veuve!... Ah, ah, ah!... La veuve de mon invention.

Le Colonel. — Pourquoi ris-tu?

Champagne. — Vous le demandez? Je ris des grimaces que fera votre brave oncle quand il reviendra dans quatre semaines et vous trouvera marié à sa fille.

Le Colonel (à part). — J'enrage!

Champagne. — Et le fiancé de Toulon, qui doit venir avec lui, et qui en trouvera un autre à sa place. C'est divin.

Le Colonel. — A merveille!

Champagne. — Et à qui doit-on des remerciements pour tout cela? A votre fidèle Champagne.

Le Colonel. — A toi? Comment cela?

Champagne. — Eh bien! qui vous a donné le conseil de jouer le personnage de votre oncle?

Le Colonel (à part). — Ah! traître!

Champagne. — Mais, c'est étonnant comme la ressemblance avec votre oncle est frappante! Je jurerais que c'est lui-même si je ne le savais à cent lieues de nous.

Le Colonel (à part). — Mon coquin de neveu fait un bel usage de ma personne.

Champagne. — Vous paraissez seulement un peu trop âgé. Votre oncle est à peu près de votre âge; vous n'aviez pas besoin de vous vieillir tant.

Le Colonel. — Tu crois?

Champagne. — Qu'est-ce que cela fait? Il n'est pas là pour que l'on puisse faire la comparaison. Et c'est un bonheur pour nous que le vieux ne soit pas là. Cela irait mal pour nous s'il revenait.

Le Colonel. — Il est revenu.

Champagne. — Comment? Quoi?

Le Colonel. — Il est revenu, te dis-je.

Champagne. — Au nom du Ciel! Et vous restez ici? Vous restez tranquille? Faites ce que vous voudrez, arrangez-vous comme vous l'entendrez, pour moi, je prends le large.

(*Il veut partir.*)

Le Colonel. — Reste coquin ; double fripon, reste! Alors ce sont là tes belles inventions, maître fourbe?

Champagne. — Comment, Monsieur, c'est ainsi que vous me remerciez?

Le Colonel.—Reste coquin!... Vraiment ma femme (*Champagne fait un mouvement d'effroi*) n'est pas aussi folle que je le croyais. Et je laisserais impuni un pareil tour de coquin?... Non, Dieu me damne, si je ne me venge sur-le-champ... Il n'est pas encore trop tard. Je cours chez mon notaire, je le ramène, et, dès cette nuit, ma fille sera unie à Lormeuil. Je surprendrai mon neveu, il lui faudra signer le contrat de mariage de sa cousine. Et, en ce qui te concerne, traître!...

Champagne.—Moi, Monsieur, je le signerai aussi, je danserai à la noce, si vous me l'ordonnez.

Le Colonel. — Oui, coquin, je veux te faire danser. Et cette quittance de cent pistoles, je le vois maintenant, je ne la dois pas à l'honnêteté de l'avare. Par bonheur, le joaillier a fait banqueroute. Mon vaurien de neveu ne se contente pas de payer ses dettes avec mon argent, il en fait encore de nouvelles en mon nom!... Très bien, il me payera pour cela!... Et toi, mon honnête compagnon, compte sur une digne récompense. C'est malheureux que je n'aie pas ici ma canne... Mais différé n'est pas perdu.

(Il sort.)

Champagne. — Je tombe des nues. Faut-il aussi que ce maudit oncle arrive juste et se place sur mon chemin pour me faire parler, à force de m'y exciter. Ane que je suis! Aller tout lui conter. Oui, si encore j'avais pris un verre de trop... mais non!...

Scène VII.

Champagne, François de Dorsigny, Mme de Mirville.

Mme de Mirville (s'avance lentement sur la scène et se retourne pour parler). — La place est libre; tu peux venir, il n'y a ici que Champagne.

(Dorsigny entre.)

Champagne (se retourne et recule quand il le voit). — Mon Dieu, le voilà déjà revenu! ça va commencer! (*Se jetant aux pieds de Dorsigny.*) Grâce, Monsieur, grâce! Miséricorde pour un pauvre garçon qui est innocent..., mais qui pourtant a bien mérité que...

Dorsigny. — Qu'est-ce que cela veut dire? Lève-toi. Je ne veux pas te faire de mal.

Champagne. — Vous ne voulez pas me faire de mal, Monsieur?...

Dorsigny. — Mon Dieu non; bien, au contraire, je suis très content de toi, tu as très bien joué ton rôle.

Champagne (le reconnaît). — Comment, Monsieur, c'est vous?

Dorsigny. — Eh bien oui, c'est moi!

Champagne. — Ah Dieu ! Savez-vous que votre oncle est ici ?

Dorsigny. — Je le sais ; et ensuite ?

Champagne. — Je l'ai vu, Monsieur, je lui ai parlé ; je pensais que c'était vous, je lui ai tout dit ; il sait tout.

Mme de Mirville. — Imprudent ! Qu'as-tu fait ?

Champagne. — Qu'y puis-je ? Vous voyez bien qu'à l'instant même je prenais le neveu pour l'oncle ; est-il étonnant que j'aie pris l'oncle pour le neveu ?

Dorsigny. — Que faire ?

Mme de Mirville. — Maintenant je n'ai rien autre chose à te conseiller que de quitter la maison sur-le-champ.

Dorsigny. — Mais s'il force ma cousine à épouser M. de Lormeuil ?

Mme de Mirville. — Nous en reparlerons demain ; mais, pour le moment, pars vite pendant que la route est encore libre.

(Elle le conduit jusqu'à la porte du fond ; quand il veut sortir, il en est empêché par Lormeuil, qui entre, et qui le fait revenir.)

Scène VIII.

Les précédents, Lormeuil.

Lormeuil. — C'est vous ? Je vous cherchais.

Mme de Mirville (bas à Dorsigny). — C'est monsieur de Lormeuil, il te prend pour ton oncle. Congédie-le le plus tôt possible.

Lormeuil (à Mme de Mirville). — Vous nous quittez, Madame ?

Mme de Mirville. — Pardonnez-moi, Monsieur de Lormeuil. Je serai de retour à l'instant.

(Elle sort. Champagne la suit.)

Lormeuil. — Vous devez vous souvenir que vous m'avez laissé seul avec mademoiselle votre fille.

Dorsigny. — Je m'en souviens.

Lormeuil. — Elle est très aimable; et sa possession me ferait le plus heureux des hommes.

Dorsigny. — Je le crois.

Lormeuil. — Mais je vous prie, Monsieur, de ne pas forcer son consentement.

Dorsigny. — Qu'est-ce que cela veut dire?

Lormeuil. — Elle est la plus aimable enfant du monde, c'est certain... Mais, vous m'avez souvent parlé de votre neveu François de Dorsigny : il aime votre fille.

Dorsigny. — Est-ce vrai?

Lormeuil.— Comme je vous le dis, et il en est aimé.

Dorsigny. — Qui vous l'a dit?

Lormeuil. — Votre fille elle-même.

Dorsigny. — Qu'y a-t-il à faire?... Que me conseillez-vous, Monsieur de Lormeuil?

Lormeuil. — D'être un bon père.

Dorsigny. — Comment?

Lormeuil. — Vous m'avez dit cent fois que vous aimiez votre neveu comme un fils... Eh bien, donnez-lui votre fille! Rendez heureux vos deux enfants.

Dorsigny. — Mais vous, que deviendrez-vous?

Lormeuil. — Moi? On ne veut pas de moi, c'est certainement un malheur; mais je ne puis pas pour cela me plaindre, puisque votre neveu m'a devancé.

Dorsigny. — Comment! vous seriez capable de renoncer?

Lormeuil. — Je le tiens pour mon devoir.

Dorsigny (vivement). — Ah, Monsieur de Lormeuil! Comme je vous suis reconnaissant!

Lormeuil. — Je ne vous comprends pas.

Dorsigny. — Non, non! vous ne savez pas quel grand service vous me rendez... Ah! ma Sophie! Comme nous serons heureux!

Lormeuil. — Qu'est-ce? Comment? vous n'êtes pas M. de Dorsigny... Est-ce possible?

Dorsigny. — Je me suis trahi.

Lormeuil.—Vous êtes Dorsigny, le neveu?Oui, c'est vous... Eh bien, je ne vous ai pas cherché ici; mais je me réjouis de vous voir. En vérité, je devrais vous en vouloir beaucoup pour les trois coups d'épée que vous m'avez si généreusement donnés dans le corps...

Dorsigny. — Monsieur de Lormeuil!

Lormeuil.— Par bonheur, ils ne sont pas mortels; ainsi, tout est pour le mieux. Monsieur votre oncle m'a dit beaucoup de bien de vous, Monsieur de Dorsigny, et, bien loin de vous chercher querelle, je vous offre de tout cœur mon amitié et je vous demande la vôtre.

Dorsigny. — Monsieur de Lormeuil!

Lormeuil. — Ainsi, c'est dit, Monsieur de Dorsigny...: vous aimez votre cousine, et vous avez bien des raisons pour cela. Je vous promets d'employer toute mon influence auprès du colonel pour le rendre favorable à vos projets... Mais je demande aussi que, de votre côté, vous me rendiez un grand service.

Dorsigny.— Parlez! Demandez! Vous avez acquis un droit sacré à ma reconnaissance.

Lormeuil. — Vous avez une sœur, Monsieur de Dorsigny. Mais comme vous n'avez d'yeux que pour votre cousine, vous n'avez peut-être pas remarqué combien votre sœur est aimable... Mais moi, je l'ai très bien remarqué, et, pour être bref, madame de Mirville mérite l'admiration de tout le monde. Je l'ai vue et je...

Dorsigny. — Vous l'aimez! Elle est à vous! Comptez sur moi! Elle vous sera bientôt favorable, si ce n'est déjà fait... Je m'en porte garant. Comme tout s'arrange heureusement! Je gagne un ami, qui m'aide à conquérir ma bien-aimée, et je me trouve dans le cas de le rendre heureux aussi.

Lormeuil. — Il faut l'espérer; mais tout n'est pas arrangé cependant. Voici votre sœur! A l'œuvre, Monsieur de Dorsigny, parlez-lui pour moi, faites mes affaires! Je ferai les vôtres près de votre oncle.

(Il sort.)

Dorsigny. — C'est un superbe jeune homme, que ce Lormeuil! Comme ma sœur sera une femme heureuse!

Scène IX.

Mme de Mirville, François de Dorsigny.

Mme de Mirville.—Eh bien, mon frère, comment vont les affaires?

Dorsigny. — Tu as fait une conquête, ma sœur. Monsieur de Lormeuil est amoureux fou de toi.

Tout à l'heure il me l'a avoué, croyant parler à mon oncle. Mais je lui ai dit de ne pas trop y penser, que tu avais à tout jamais renoncé au mariage... J'ai bien fait, n'est-ce pas?

Mme de Mirville. — Certainement,... mais,... tu n'aurais pas dû lui donner congé d'une manière aussi rude. Le pauvre jeune homme est déjà bien assez malheureux d'être refusé par Sophie.

(Champagne entre.)

Champagne. — Eh bien, Monsieur, vite, partez... Il ne faut pas que votre tante vous trouve ici, si elle revient...

Dorsigny. — Eh bien! je pars! Je suis certain maintenant que monsieur de Lormeuil ne m'enlèvera pas ma cousine.

(Il sort avec Mme de Mirville.)

Champagne (seul).— Me voilà seul!... Ami Champagne, tu es un niais si tu ne viens à réparer ton étourderie de tout à l'heure... aller tout dévoiler à l'oncle! Mais voyons! Qu'y a-t-il à faire? Il faudrait nous débarrasser pour deux jours ou de l'oncle ou du fiancé, sans cela, l'affaire ne marchera pas... Mais diable, comment m'y prendrai-je?... Attendez... voyons!... (*Réfléchissant.*) Mon maître et monsieur de Lormeuil se sont quittés, il est vrai, comme deux bons amis, mais il *aurait pu y avoir* une querelle! Il aurait pu y avoir, c'est assez! Partons de là... Comme un bon serviteur, je dois prévenir un malheur! Et ce n'est que dans l'intérêt de mon maître... Ainsi donc, courons vite à la police! On prendra des mesures, et sera-ce de ma faute s'ils prennent l'oncle pour le neveu?... Pourquoi aussi se ressemblent-ils tant?... L'entreprise est osée, très osée, mais je la risque. Cela ne peut échouer, et même si... Mais cela ne peut manquer... Dans tous les cas, je suis couvert. Je n'aurai fait que mon devoir! Et alors, l'oncle peut pester contre moi tant qu'il voudra, je me cache derrière le neveu. Je l'aide à conquérir sa fiancée : il doit être reconnaissant. Vite, Champagne, à l'œuvre! Il y a de l'honneur à gagner.

(Il sort.)

ACTE TROISIÈME.

Scène I.

Le colonel de Dorsigny entre. Bientôt après Lormeuil.

Le Colonel. — Le diable a justement conduit ce notaire à un dîner! Je lui ai laissé un billet, mais monsieur mon neveu avait déjà pris la peine de le faire auparavant.

Lormeuil (entrant).— Cette fois, je crois que c'est bien l'oncle que j'ai là devant moi, et non pas le neveu.

Le Colonel. — Oui, c'est bien moi, n'en doutez pas.

Lormeuil.— J'ai beaucoup de choses à vous dire, M. de Dorsigny.

Le Colonel. — Je le crois bien, mon cher garçon. Tu dois être bouillant de colère. Mais, pas de violences, cher ami, je t'en prie... Pensez que celui qui vous a offensé est mon neveu. Je vous demande votre parole d'honneur de ne laisser qu'à *moi* le soin de l'en punir.

Lormeuil. — Mais permettez-moi...

Le Colonel. — Je ne permets rien! Il n'en sera rien! Voilà comment vous êtes, vous autres jeunes gens, vous ne connaissez d'autre manière de réparer les torts que de vous casser la tête.

Lormeuil. — Mais, ce n'est pas mon dessein non plus. Écoutez-moi seulement.

Le Colonel.—Mon Dieu! je le sais bien; j'ai été jeune aussi!... Mais ne t'inquiète pas, mon cher garçon! Tu seras mon gendre. Tu le seras, c'est décidé!

Lormeuil. — Je reconnais avec beaucoup de gratitude votre bonté, votre amitié pour moi... Mais de la manière dont vont les choses...

Le Colonel (vivement). — Rien! plus un mot!

(Champagne entre avec les deux sergents.)

Champagne (aux sergents). — Vous le voyez, Messieurs? Vous le voyez, ils veulent en venir aux mains.

Lormeuil. — Que nous veulent ces gens?

Premier sergent. — Vos très obéissants serviteurs, Messieurs. N'ai-je pas l'honneur de parler à monsieur de Dorsigny?

Le Colonel. — Je m'appelle Dorsigny.

Champagne. — Et celui-ci est monsieur de Lormeuil.

Lormeuil. — Oui, je le suis. Mais que me voulez-vous, Messieurs?

Second sergent. — J'aurai l'honneur de vous accompagner, Monsieur.

Lormeuil. — De m'accompagner? et où? Je n'ai pas du tout envie de sortir.

Premier sergent (au colonel). — Et moi, Monsieur, j'ai ordre de vous escorter.

Le Colonel. — Mais où Monsieur veut-il m'escorter?

Premier sergent. — Je veux bien vous le dire, Monsieur. On nous a avertis que vous étiez sur le point de vous battre avec Monsieur, et pour que...

Le Colonel. — Me battre? Et pourquoi donc?

Premier sergent. — Parce que vous êtes rivaux, parce que tous deux vous aimez Mlle de Dorsigny. Monsieur est le fiancé que le père a choisi pour la demoiselle, et vous, Monsieur, vous êtes son cousin, et son amant... Ah! nous savons tout!

Lormeuil. — Vous êtes dans l'erreur, Messieurs.

Le Colonel. — Vraiment! vous êtes tombés à faux.

Champagne (aux sergents). — Allons, ne vous laissez pas induire en erreur, Messieurs! (*à monsieur de Dorsigny.*) Cher Monsieur, jetez enfin votre masque! Avouez qui vous êtes! Abandonnez un jeu dans lequel vous n'avez pas le plus beau rôle!

Le Colonel. — Comment, coquin, c'est encore un de tes tours?

Champagne. — Oui, Monsieur, il est de mon invention, je ne le nie pas, je m'en flatte; j'ai fait le devoir de tout bon serviteur en évitant un malheur.

Le Colonel. — Vous pouvez m'en croire, Messieurs, je ne suis pas celui que vous cherchez; je suis son oncle.

Premier sergent. — Son oncle? Allons donc!... On dit que vous ressemblez extraordinairement à votre oncle; mais cette ressemblance ne nous trompera pas.

Le Colonel. — Mais, examinez-moi donc bien! J'ai une perruque, et mon neveu porte ses cheveux.

Premier sergent. —Oui! oui!... Nous savons bien pourquoi vous avez pris le costume de votre oncle. La pièce était bien inventée. Il est malheureux qu'elle n'ait pas mieux réussi.

Le Colonel.—Mais, Monsieur, écoutez-nous donc...

Premier sergent. — Oh, si nous écoutions tous ceux que nous avons ordre d'arrêter, nous ne bougerions jamais de place. Veuillez nous suivre, Monsieur de Dorsigny! La chaise de poste nous attend devant la porte.

Le Colonel. — Comment? Quoi? la chaise de poste?

Premier sergent. — Oui, Monsieur. Vous avez quitté secrètement votre garnison. Nous avons ordre de vous mettre sur-le-champ en voiture et de vous conduire à Strasbourg.

Le Colonel.— Et c'est encore un tour de ce maudit coquin! Ah, lâche!

Champagne. — Oui, Monsieur, c'est moi qui ai pris ces dispositions. Vous savez combien j'étais opposé à ce que vous quittiez Strasbourg sans avoir obtenu un congé.

Le Colonel (lève sa canne). — Non, je ne puis me retenir...

Les deux sergents. — Calmez-vous, Monsieur de Dorsigny.

Champagne. — Maintenez-le, Messieurs, je vous en prie. Voilà ce qu'on en retire quand on oblige des ingrats. Je vous sauve peut-être la vie en empêchant ce funeste duel, et pour remerciement, vous m'auriez tué peut-être, si ces Messieurs n'avaient pas été assez bons de vous en empêcher.

Le Colonel. — Que faire, Lormeuil ?

Lormeuil. — Pourquoi n'appelez-vous pas en témoignage des personnes qui doivent vous connaître ?

Le Colonel. — Et à qui, diable, m'adresserai-je? Ma femme, ma fille sont sorties, ma nièce est du complot : tout le monde est ensorcelé.

Lormeuil. — Ainsi, il ne vous reste plus qu'à partir pour Strasbourg sous la garde de Dieu, si ces gens ne veulent pas se laisser persuader.

Le Colonel. — Mais ce serait bien malheureux !

Premier sergent (à Champagne). — Mais, êtes-vous bien sûr que ce soit le neveu ?

Champagne. — Certainement, certainement ! L'oncle est au loin. Il faut tenir bon ! Pas d'hésitation !

(Entre un postillon.)

Le postillon (ivre). — Hé, holà ! sera-ce pour bientôt, Messieurs. Voilà une heure que mes chevaux attendent à la porte, et je ne suis pas là pour attendre.

Le Colonel. — Que veut ce drôle ?

Premier sergent. — C'est le postillon qui doit vous conduire.

Le postillon. — Voyez donc! C'est vous, Monsieur le capitaine, qui partez... Vos affaires n'ont pas été longues ici. Vous arrivez ce soir et repartez déjà cette nuit.

Le Colonel. — Comment sais-tu cela?

Le postillon. — Eh! eh! est-ce que ce n'est pas moi qui vous ai déposé il y a quelques heures à la porte de derrière de cette maison? Vous voyez, mon capitaine, que j'ai bien employé votre argent : oui, oui, quand on me donne quelque chose pour boire, je m'acquitte consciencieusement de la mission.

Le Colonel. — Que dis-tu coquin? Tu m'as conduit, moi?

Le postillon. — Oui, Monsieur... Certainement oui, par le diable. Et voici votre serviteur, celui qui faisait le piqueur. Bonjour, filou! C'est bien lui qui m'a appris que vous étiez capitaine et que vous étiez parti secrètement de Strasbourg pour aller à Paris.

Le Colonel.—Comment, traître, ç'aurait été moi?

Le postillon. — Oui, vous! Et tout le long de la route vous vous parliez à vous-même et vous disiez constamment : « Ma Sophie, ma chère cousine, mon cher ange! »... Comment? Vous l'avez déjà oublié?

Champagne (au colonel). — Ce n'est pas moi, Monsieur, qui lui fais dire cela. Mais qui donc, sur la voie publique, parle ainsi à haute voix de sa maîtresse!

Le Colonel. — C'est résolu, je le vois bien, il faut que j'aille à Strasbourg, par la faute de mon neveu...

Premier sergent. — Ainsi, mon capitaine...

Le Colonel. — Ainsi, monsieur mon conducteur, ainsi, je vous suivrai, mais je vous l'assure, bien contre ma volonté.

Premier sergent. — Nous sommes habitués, mon capitaine, à servir les gens malgré eux.

Le Colonel. — Ainsi, tu es mon serviteur?

Champagne. — Oui, Monsieur.

Le Colonel. — Alors, je suis ton maître?

Champagne. — Cela se comprend.

Le Colonel. — Un serviteur doit suivre son maître : tu viendras avec moi à Strasbourg.

Champagne (à part). — Diable!

Le postillon. — Cela se comprend! marche!

Champagne. — Il m'est pénible de vous affliger, Monsieur. Vous savez combien je vous suis attaché. Je vous en donne une nouvelle preuve en ce moment; mais vous savez aussi combien j'aime ma femme. Je l'ai revue aujourd'hui après une longue séparation. La pauvre femme a manifesté une si grande joie de mon retour que j'ai résolu de ne plus jamais la quitter et de vous demander mon congé. Vous voudrez bien vous souvenir que vous me devez encore trois mois de gages.

Le Colonel. — Je te dois trois cents coups de bâton, traître!

Premier sergent. — Capitaine, vous n'avez pas le droit d'emmener ce bon serviteur malgré lui à Strasbourg. Et si vous lui devez quelque chose...

Le Colonel. — Rien! Je ne lui dois pas un liard.

Premier sergent. — Mais ce n'est pas une raison pour lui donner des coups de bâton.

Lormeuil. — Je vais voir comment je pourrai lui

venir en aide. S'il n'en peut être autrement, Monsieur de Dorsigny, partez, à la grâce de Dieu. Par bonheur, je suis libre, j'ai beaucoup d'amis; je me hâte de les mettre en mouvement, et je vous ramènerai avant le jour.

Le Colonel. — Et moi, je vais graisser la main du postillon, pour qu'il aille le plus doucement possible, afin que vous puissiez me rejoindre. (*Au postillon.*) Voici, postillon! bois cela à ma santé; mais il faut que tu me conduises...

Le postillon (avec feu). — A faire fumer les chevaux.

Le Colonel. — Non pas, non! je ne dis pas cela...

Le postillon. — Je vous conduirai comme à votre arrivée : comme si le diable vous emmenait.

Le Colonel. — Le diable t'emmène toi-même, maudit ivrogne! Je te dis...

Le postillon. — Vous êtes pressé, moi aussi, soyez tranquille! Nous marcherons comme l'éclair.

(Il sort.)

Le Colonel (courant après lui). — Ce coquin me fait enrager! Attends donc, écoute!

Lormeuil. — Tranquillisez-vous! Votre voyage ne sera pas de longue durée.

Le Colonel. — Je crois que tout l'enfer est déchaîné aujourd'hui.

(Il sort suivi du premier sergent.)

Lormeuil (au second sergent). — Venez, Monsieur, suivez-moi, puisque vous en avez reçu l'ordre. Mais, je vous en préviens, je ne vais pas ménager vos jambes. Et si vous aviez formé le projet de dormir cette nuit, vous vous êtes bien trompé, car nous serons tout le temps par voie et par chemin.

Second sergent. — Comme il vous plaira, Monsieur! Ne vous gênez pas. Votre serviteur, Monsieur Champagne.

(Lormeuil et le second sergent sortent.)

Scène II.

Champagne, puis Mme de Mirville.

Champagne (seul). — Les voilà partis! Bon ouvrage, Champagne! La victoire est à nous. Maintenant, vite, à l'œuvre : il faut que le mariage se fasse cette nuit même. Voici la sœur de mon maître qui vient ; je puis tout lui dire.

Mme de Mirville. — Ah, c'est toi, Champagne. Ne sais-tu pas où est mon oncle?

Champagne. — Sur la route de Strasbourg.

Mme de Mirville.—Comment? Quoi? Explique-toi!

Champagne. — Bien volontiers, Madame. Vous ne savez peut-être pas que mon maître s'est pris d'une vive querelle avec monsieur de Lormeuil?

Mme de Mirville. — Bien au contraire ; ils se sont quittés, à ce que je sais, les meilleurs amis du monde.

Champagne. — Ah! je ne savais pas cela, et, dans la chaleur de mon zèle, j'ai demandé aide à la police. Je suis revenu avec deux sergents, dont l'un avait ordre de garder à vue monsieur de Lormeuil, l'autre de conduire mon maître à Strasbourg. Mais ce diable de sergent a pris l'oncle pour le neveu, l'a fait monter presque de force en chaise de poste et voilà qu'ils courent en toute hâte vers Strasbourg.

Mme de Mirville. — Comment, Champagne! Tu

envoies mon oncle en voyage à la place de mon frère ? Non, cela ne peut pas être sérieux...

Champagne. — Je vous demande pardon, je parle sérieusement. L'Alsace est un charmant pays que monsieur le colonel n'a pas encore vu, je lui ai procuré ce petit divertissement.

Mme de Mirville. — Tu peux encore railler ? Mais que fait monsieur de Lormeuil ?

Champagne. — Il conduit son sergent à la promenade en ville.

Mme de Mirville. — Le pauvre jeune homme ! Il mérite bien que je lui porte intérêt.

Champagne. — Eh bien, Madame, à l'œuvre ! Il n'y a pas de temps à perdre ! Aussitôt que mon maître aura épousé sa cousine, nous ferons revenir l'oncle. Je cherche mon maître, je l'amène ici, et si vous voulez nous aider, tout sera fait cette nuit.

(Il sort.)

Scène III.

Mme de Mirville, puis Mme de Dorsigny, Sophie.

Mme de Mirville.—C'est un hardi fripon ; mais il a si bien conduit l'affaire que je vais m'entendre avec lui. Voici ma tante. Il faut que je lui cache la vérité.

Mme de Dorsigny. — Ah, chère nièce ! N'as-tu pas vu ton oncle !

Mme de Mirville. — Comment, il n'a pas pris congé de vous ?

Mme de Dorsigny. — Congé, comment ?

Mme de Mirville. — Oui, il est parti.

Mme de Dorsigny. — Il est parti ? Depuis quand ?

Mme de Mirville. — Il n'y a qu'un instant.

Mme de Dorsigny. — Je n'y comprends rien. Il ne voulait partir que vers onze heures. Et où est-il parti si vite?

Mme de Mirville. — Je ne sais, je ne l'ai pas vu partir. C'est Champagne qui me l'a rapporté.

(François de Dorsigny entre avec son uniforme et sans perruque. Champagne est avec lui.)

Champagne. — Le voici, Mesdames, le voici!

Mme de Dorsigny. — Qui? mon mari?

Champagne. — Non pas, non pas; mon maître, monsieur le capitaine.

Sophie (allant à sa rencontre). — Cher cousin!

Champagne. — Oui, il avait bien raison de dire qu'il arriverait avec sa lettre.

Mme de Dorsigny. — Mon mari part, mon neveu arrive! Comme les événements se succèdent!

Dorsigny. — Je vous vois enfin, chère tante! J'arrive le cœur rempli d'inquiétude et d'espoir...

Mme de Dorsigny. — Bonsoir, cher neveu!

Dorsigny. — Quel accueil glacial!

Mme de Dorsigny. — Je me réjouis de tout mon cœur de te voir; mais mon mari...

Dorsigny. — Est-il arrivé quelque chose à mon oncle?

Mme de Mirville. — Mon oncle est arrivé ce soir d'un long voyage, et, en ce moment, il vient de repartir sans que nous sachions où il est.

Dorsigny. — C'est étrange!

Champagne. — C'est tout à fait étonnant.

Mme de Dorsigny. — Mais voici Champagne. Il peut nous tirer d'embarras.

Champagne. — Moi, Madame?

Mme de Mirville. — Oui, toi! C'est à toi seul que mon oncle a parlé au moment de son départ.

Champagne. — C'est vrai! Il n'a parlé qu'à moi.

Dorsigny. — Eh bien, dis nous pourquoi il est parti si précipitamment?

Champagne. — Pourquoi? Ah! il le fallait bien. Il avait reçu un ordre du gouvernement.

Mme de Dorsigny. — Quoi?

Champagne. — Il a reçu un ordre secret qui exigeait une grande promptitude... et... un homme!... un homme!... Je ne vous en dis pas davantage... Mais vous pouvez être fière, Madame, que le choix soit tombé sur Monsieur.

Mme de Mirville. — Certainement! Une telle distinction honore toute la famille!

Champagne. — Madame comprendra bien qu'il ne pouvait pas perdre son temps à faire des adieux. « Champagne, m'a-t-il dit, je m'en vais pour d'importantes affaires d'État à... à Saint-Pétersbourg. L'État commande, je dois obéir : au premier relais, j'écrirai à ma femme. Quant à ce mariage entre ma fille et mon neveu, elle sait que je suis consentant. »

Dorsigny. — Qu'entends-je, mon cher oncle voudrait...

Champagne. — Oui, Monsieur! Il y consent... « Je donne à ma femme pleins pouvoirs pour tout terminer, ajouta-t-il, et j'espère qu'à mon retour, ma fille sera une femme heureuse. »

Mme de Dorsigny. — Et il voyage seul?

Champagne. — Seul? non pas, il avait avec lui un monsieur qui avait l'air bien distingué...

Mme de Dorsigny. — Je n'y puis rien comprendre.

Mme de Mirville. — Nous connaissons sa volonté. Il faut agir de façon qu'à son retour il les trouve unis.

Sophie. — Son consentement ne me paraît pas le moins du monde douteux, et je n'hésiterais pas à épouser mon cousin sur-le-champ.

Mme de Dorsigny. — Mais moi, j'hésite, et je veux attendre sa première lettre.

Champagne (à part). — Nous voilà bien avancés d'avoir envoyé l'oncle à Saint-Pétersbourg.

Dorsigny. — Mais, chère tante !...

Scène IV.

Les précédents, le Notaire.

Le Notaire (se plaçant entre Dorsigny et sa tante). — Je présente mes humbles respects à la très gracieuse compagnie.

Mme de Dorsigny. — Tiens ! Monsieur Gaspard, le notaire de notre maison.

Le Notaire. — A vos ordres, Madame ! Monsieur votre époux a daigné venir chez moi.

Mme de Dorsigny. — Comment ? Mon mari a été chez vous avant son départ ?

Le Notaire. — Avant son départ ! Que me dites-vous ? Mais voyez donc ! C'est pour cela que monsieur était si pressé et ne voulait pas m'attendre à la maison. Monsieur m'a laissé ce billet. Qu'il plaise à Madame de le lire.

(Il présente le billet à Mme de Dorsigny.)

Champagne (bas à Dorsigny). — C'est le notaire que votre oncle a commandé.

Dorsigny. — Oui, pour le mariage de Lormeuil.

Champagne (bas). — Si nous pouvions l'employer pour le vôtre !

Dorsigny. — Silence, écoutons ce qu'il écrit !

Mme de Dorsigny (lit). — « Ayez la bonté, monsieur, de vous trouver ce soir chez moi et d'apporter le contrat que vous avez fait pour ma fille. J'ai mes raisons pour conclure ce mariage dès cette nuit. — Dorsigny. »

Champagne. — Nous l'avons là noir sur du blanc ! Maintenant Madame n'aura plus de doutes sur le consentement de monsieur l'oncle ?

Sophie. — Ainsi il n'est pas nécessaire que papa vous écrive, chère mère, puisqu'il a écrit à Monsieur.

Mme de Dorsigny. — Qu'en pensez-vous, Monsieur Gaspard ?

Le Notaire. — Eh bien, cette lettre est assez claire, je pense.

Mme de Dorsigny. — Au nom de Dieu, mes enfants, soyez heureux ! Donnez-vous la main, puisque mon mari lui-même a envoyé le notaire.

Dorsigny. — Allons, Champagne ! Une table, une plume, de l'encre. Nous allons signer immédiatement.

Scène V.

Le colonel de Dorsigny, Valcour, les précédents.

Mme de Mirville. — Ciel ! mon oncle !

Sophie. — Mon père !

Champagne. — Est-ce le diable qui le ramène ?

Dorsigny. — Oui, le diable! Ce Valcour est mon mauvais génie!

Mme de Dorsigny. — Que vois-je? mon mari!

Valcour (présentant le vieux Dorsigny). — Comme je m'estime heureux de ramener un neveu chéri dans le sein de sa famille! (*Quand il aperçoit le jeune Dorsigny.*) Comment diable, c'est toi! (*Se retournant vers le vieux Dorsigny.*) Et vous, Monsieur, qui êtes-vous donc?

Le Colonel. — Son oncle, Monsieur.

Dorsigny. — Explique-moi, Valcour...

Valcour. — Explique-moi toi-même. J'apprends qu'ordre a été donné de te ramener à ta garnison. Après bien des peines, je réussis à obtenir un contre-ordre. Je monte à cheval, j'atteins bientôt la chaise de poste où je croyais te trouver, et où je trouve en effet...

Le Colonel. — Votre très dévoué serviteur, jurant et pestant après un enragé postillon, à qui j'avais donné de l'argent pour aller doucement, et qui me menait comme le vent.

Valcour. — Ton oncle a trouvé bon de ne pas me tirer d'erreur. La chaise de poste retourne vers Paris, et me voici. J'espère, Dorsigny, que tu n'auras pas à te plaindre de mon zèle.

Dorsigny. — Très obligé, mon ami, pour les immenses services que tu m'as rendus! Je regrette seulement la peine infinie que tu t'es donnée.

Le Colonel. — Monsieur de Valcour! Mon neveu n'a peut-être pas assez de reconnaissance pour votre grande bonté, mais vous pouvez compter sur la mienne.

Mme de Dorsigny. — Ainsi, vous n'étiez pas en route pour la Russie?

Le Colonel. — Que diable irais-je faire en Russie?

Mme de Dorsigny. — Mais, pour une mission importante que vous aurait confiée le gouvernement, comme vous le disiez à Champagne.

Le Colonel. — Ainsi, c'est encore Champagne qui m'a élevé à ce poste important. Je lui suis extrêment reconnaissant d'avoir de si grandes visées pour moi. Monsieur Gaspard, vous avez dû trouver mon billet chez vous; je désirerais beaucoup que le contrat fût signé dès cette nuit.

Le Notaire. — Rien de plus facile, Monsieur. Nous étions en train de terminer cette affaire même pendant votre absence.

Le Colonel. — Très bien! On se marie quelquefois sans le père; mais le faire sans le fiancé je n'ai pas encore vu cela.

Mme de Dorsigny. — Voici le fiancé! Notre cher neveu.

Dorsigny. — Oui, cher oncle, c'est moi.

Le Colonel. — Mon neveu est un très charmant jeune homme, mais il n'aura pas ma fille.

Mme de Dorsigny. — Mais qui donc l'épousera?

Le Colonel. — Qui, demandez-vous? Par le diable, ce sera monsieur de Lormeuil.

Mme de Dorsigny. — Il n'est donc pas mort, monsieur de Lormeuil?

Le Colonel. — Non, Madame : il vit, il est ici. Retournez-vous, le voici qui vient.

Mme de Dorsigny. — Et qui est le monsieur qui vient avec lui?

Le Colonel. — C'est un valet de chambre que monsieur Champagne a pris soin de lui donner.

Scène VI.

Les précédents, Lormeuil, avec son sergent ; ce dernier s'assoit au fond de la chambre.

Lormeuil (au colonel). — C'est ainsi que vous envoyez votre oncle à votre place à Strasbourg ? Cela ne se passera pas ainsi, Monsieur.

Le Colonel. — Voyez, voyez donc ! Si tu veux te battre absolument, Lormeuil, bats-toi avec mon neveu, mais pas avec moi.

Lormeuil (le reconnaissant). — Comment, c'est vous ? Et comment avez-vous fait pour revenir si promptement ?

Le Colonel. — Vous pouvez en remercier Monsieur de Valcour, qui, par amitié pour mon neveu, m'a ramené à toute bride.

Dorsigny. — Je ne vous comprends pas, Monsieur de Lormeuil ! Nous nous quittions comme les meilleurs amis. N'aviez-vous pas renoncé, en ma faveur, il y a un instant, à toutes vos prétentions à la main de ma cousine ?

Le Colonel. — Non pas, non pas ! Il n'en sera rien ! Ma femme, ma fille, ma nièce, mon neveu, tous ensemble ne pourront m'empêcher de réaliser mon idée.

Lormeuil. — M. de Dorsigny, je me réjouis de tout cœur que vous soyez de retour d'un voyage que vous aviez entrepris malgré vous ; mais nous avons beau discourir et forger des plans de mariage, mademoiselle Sophie aimera tout de même son cousin.

Le Colonel. — Je ne comprends rien à tout cela ! mais je n'ai pas amené Lormeuil de Toulon à Paris pour le laisser s'en retourner garçon.

Dorsigny. — Quant à cela, mon oncle, il y aurait peut-être moyen de tout arranger, afin que Monsieur de Lormeuil n'ait pas fait pour rien cette longue route. Demandez à ma sœur.

Mme de Mirville. — Moi ? Je n'ai rien à dire.

Lormeuil. — Eh bien, moi, je veux parler alors. Monsieur de Dorsigny, votre nièce est libre ; par l'amitié dont vous vouliez me donner encore aujourd'hui une preuve si éclatante, je vous prie, usez de toute votre influence auprès de votre nièce pour qu'elle veuille bien réparer votre manque de parole à mon égard.

Le Colonel. — Quoi ? Comment ? Allons, vous ferez un ménage. Et ce coquin de Champagne me répondra pour tout le monde.

Champagne. — Dieu me damne, Monsieur, si je n'ai pas été trompé moi-même par la ressemblance. Pardonnez-moi la petite promenade que je vous ai fait faire : c'était dans l'intérêt de mon maître.

Le Colonel (aux deux couples). — Eh bien, signons le contrat !

FIN.

Paris. — Imprimerie de DELALAIN frères, rue de Sorbonne, 1 et 3.

COLLECTION DES AUTEURS ALLEMANDS

Prescrits pour les classes et les examens du Baccalauréat.

Éditions classiques sans annotations,
précédées de notices littéraires et historiques,
par M. E. Hallberg,
professeur de littérature étrangère à la faculté
des lettres de Toulouse.

Format in-18.

Chamisso. Pierre Schlemihl. — 80 c.

Goethe. Hermann et Dorothée, poème. — 80 c.

Goethe. Iphigénie en Tauride, tragédie. — 1 f.

Goethe. Torquato Tasso, tragédie. — 1 f.

Herder. Le Cid, poème. — 1 f. 25 c.

Herder et Liebeskind. Les Feuilles de Palmier, première partie. — 1 f. 25 c.

Lessing. Dramaturgie (la), articles choisis de critique sur l'art dramatique. — 1 f. 75 c.

Lessing. Laocoon, suivi d'un choix de Lettres archéologiques. — 1 f. 75 c.

Lessing. Lettres choisies sur la Littérature moderne. — 1 f. 40 c.

Lessing. Minna de Barnhelm, comédie. — 1 f. 25 c.

Schiller. La Fiancée de Messine, tragédie. — 1 f. 25 c.

Schiller. Guillaume Tell, tragédie. — 1 f. 25 c.

Schiller. Jeanne d'Arc, tragédie. — 1 f. 25 c.

Schiller. Le Neveu et l'Oncle, comédie. — 90 c.

Schiller. Marie Stuart, tragédie. — 1 f. 25 c.

Schiller. Soulèvement des Pays-Bas, premier et deuxième livres. — 1 f. 40 c.

Schmid (Chanoine). Fridolin et Dietrich. — 1 f. 60 c.

Schmid (Chanoine). Henri d'Eichenfels. — 60 c.

Schiller. Histoire de la Guerre de Trente Ans, édition complète, avec introduction historique et littéraire et des notes et remarques en français, par *M. E. Hallberg*; 1 fort vol. grand in-18, — *cart.* 3 f.